AF221108

Erotische, sinnliche, lustvolle und leidenschaftliche Zeilen

Ich wünsche prickelnde Unterhaltung
Ihr Autor
Tristàn H. C. Fónman

Herstellung und Verlag:
BoD - Books on Demand, Norderstedt
ISBN 978-3-7526-7081-3

Intro

Er schaut auf ihre Rundungen
Die Fantasien spielen mit ihm
Die Gedanken werden heiß
Berühren möchte er sie

Seine Blicke wandern von
Ihrer Brust bis hinab zu ihrem Po
Diese Kurven und ihr Blick
Die Lust steigt, sein Puls er tobt

Ihre prallen Lippen
Die so schön geformten Brüste
Wie es ihn innerlich erregt
Wenn sie, dies doch nur wüsste

Diese verführerischen Blicke
Welche sie ihm zuwirft
Er würde so gerne mit ihr verschmelzen
Wie die Zunge so lustvoll schlürft

Ihr Bauch ist frei
Ein Piercing ist im Nabel
Ihm stockt der Atem
Sie kennt keine Gnade

Vorgeschmack

Sie hat die Knöchel frei
Trägt hautenge Jeans
Ein Bändchen am Fuß
Oh, wie er es liebt

Sie trägt ein Top
Welcher ihre Brust sehr betont
Der Blick in ihr Gesicht
Glatt ihr Haar, die Lust in ihm tobt

Ihr Nacken ist frei
Auch ihr Hals abwärts, zart ihre Haut
Die ganze Fantasie in ihm
Die ein heißes Rauschen zusammenbraut

Er möchte sie gerne berühren
Mit seinen Händen, den Fingern
Er möchte sie verführen
Mit der Zunge, sie fest umschlingen

Sie trägt ein enges Höschen
Pants und darunter Tanga
Oh, er verfällt ihr und seiner Lust
Ihm wird ganz anders!

Es wird heißer

Sie trägt einen süßen Duft
Auch Lippenstift ist aufgetragen
Verführerisch ihr Blick
Als würde ihr Verlangen etwas sagen

Ihr ist ganz heiß
Der Atem verschlägt
Ihre Hand sie wandert
In ihren Slip

Ihr Finger berührt
Ihre leicht feuchte Scheide
Sie beginnt an ihr
Rhythmisch zu kreisen

Sie ist erregt und ein
Leichtes Stöhnen dringt hervor
Sie wird ganz feucht
Schneller geht sie nun mit dem Kreisen vor

Sie steckt sich ihre Finger
In ihre Scheide rein
Steckt sie tief rein und wieder raus
Lustvoll beginnt sie zu schreien

Es geht los

Sie sahen sich beide an
Ihre Blicke zogen die Beiden wahrlich aus
Standen somit voreinander
Ohne Kleidung, nur mit nackter Haut

Sie kniete sich auf das Bett
Er auf den Boden, seine Finger
Gleiten an ihre Brüste und seine Zunge
An ihren feuchten Kitzler

Er leckt und verwöhnt ihre Scheide
Steckt einen Finger rein, dann beide
Sie ist erregt und so voller Lust, legt sich aufs Bett
Er leckt sie von der Scheide bis zum Hals, was ihr gefällt

Sanft und zart berührt er sie überall
Langsam wird er hart, wie jedes Mal
Er steckt die Zunge in ihre Scheide rein
Lutscht und kreist in ihr, bis sie beginnt zu schreien

Sie fasst ihre Hände durchstreicht sein Haar
Er ist von der Lust auch gepackt
Legt sich auf sie, steckt ihn rein
Leckt ihr den Hals dabei ab

Verbotene Früchte – Forbbid'n Froots

… Er schaut sie an, seine Blicke sind an sie gefesselt. Er schaut von ihrem schönen Gesicht, das so schön strahlt über den Hals — an dem sie ein Halsband trägt.
Der Blick schweift weiter abwärts über ihre wunderschönen Rundungen, über ihre Brüste, welche durch ihr Oberteil so eng und prall geformt sind.

Der Blick wandert weiter herunter, über ihren freien Bauchnabel, dort verteilt sich der Blick auf ihre ganze Taille. Wunderschön ist ihre Figur, welche von den Schultern bis zum Nabel Richtung Zentrum verläuft und vom Nabel aus wieder in Richtung Becken übergeht.

Sie trägt eine hautenge Jeans, mit Löchern versehen, wo man Hautfetzen für Hautfetzen erblicken kann. Die Knöchel sind frei und sie trägt dünne Söckchen.

Seine Fantasie geht mit ihm durch, er schaut sie an und stellt sich vor:

Wie er sie ausziehen würde, vom Oberteil angefangen bis zum Höschen was sie drunter trägt. Wenn das Oberteil erst ausgezogen ist und ihre schönen langen, glatten, weichen Haare auf ihre zarte Haut über die Schultern, bis auf ihre Brüste fallen.
Dieser Gedanke erregt ihn sehr. Während er so darüber nachdenkt, wird ihm ganz heiß und das Blut kocht in ihm.

Er würde so gerne ihre nackte Haut berühren, mit seinen Fingern jeden kleinen Fleck ihres Körpers verwöhnen, mit einer samtweichen Feder über ihre Scheide streicheln und diese mit seiner Zunge verwöhnen.

Mit den Fingern würde er in ihre Scheide gleiten und sie massieren, schön entspannend für sie — gleichbleibend im Rhythmus.

Er würde sie so gerne hören, wie sie stöhnt und röchelt und ihm, ihr Verlangen nach mehr ausspricht.

So gerne würde er ihre Beine spreizen, während sie flach auf dem Bauch liegt, ihre Knöchel und Füße mit Massageöl einölen und anschließend mit der weichen Feder über ihren Körper streicheln…

Fingern und lecken

Voller Lust und Schmach
Schaut er ihren Schritten nach
Auf den High-Heels schlendert sie
Wackelt dabei mit ihrem Po

Sie zeigt mit dem Zeigefinger – Folge mir
Sie gehen auf ihr Zimmer, er steht vor ihr

Sie zieht langsam ihr Seidenkleid aus
Steht im Tanga und den Heels
Die Brüste so schön in Form und zart
Es scheint als wäre ihm, die Luft abgeschnürt

Sie legt sich auf den Rücken im rosaroten Bett
Spreizt die Beine, sein Blick weift auf ihre Scheide
Vor dem Bett kniet er sich nieder –
Steckt die Finger in die Scheide, rein und auch raus wieder

Er leckt sie und fingert sie ganz besinnlich
Sie senkt den Kopf nach hinten, stöhnend, heiß die Stimme
Sie drückt ihren Körper ihm entgegen
Er verwöhnt sie innig, hält mit massiertem Druck dagegen

So mag er es

Er hat gern bei ihr
Die Knöchel frei
Weißes Oberteil auf ihrer südländischen
Haut – ja das macht ihn geil

Schwarzes Haar
Dunkelbraune Augen
So schön rosa ihre Scheide
Er traut kaum seinen Augen

Er wird hart und stramm
Steckt ihn bei ihr rein
Erst ganz locker und sanft
Bis er stößt und rammt

Sie stöhnt in herrlich feiner –
So weiblich süßen Stimme
Oh, dies macht ihn so sehr an
Er hört sie doch allzu gerne

Von vorne und von hinten
So besorgt er ihr es
So schön verlockend es
Immer und immer wieder ist

Sie ist einsam

Sie ist einsam, traurig
Doch total scharf und feurig
Doch sie ist so schüchtern – fingert sich oft selbst
Nicht mehr allein – das ist auf Dauer scheußlich
Sie geht in einen Chat
Schreibt mit vielen und lacht ganz nett
Sie schreibt wie unglücklich sie doch sei
So lädt sie ihn, dann zu sich ein

Er kam bei ihr an, aufgeregt waren beide
Sie wollten gemeinsam nicht mehr alleine –
Sie sagte ihm die Sehnsucht und was ihr fehlte
Er verstand und sagte, dass es ihm auch so gehe
Die Beiden ließen sich voll und ganz auf sich ein
Liebe, Sex und Zärtlichkeit
Beide bereuten keine Sekunde ihres Treffens
Beide erfüllt und glücklich, nur einmal den Bann erst
brechen

Sie probierten aus und hatten es genossen
Dies ist eine, vieler, schöner Sex-Geschichten
Ohne Angst – alles machen können, so ganz offen!

Forbidd'n Froots #1

Ich sitze hier und
Versinke in Gedanken
Voller sexueller Sehnsucht
Und lustvollem Verlangen

Sehne mich danach den –
Weiblichen Körper zu berühren
Ihn zu streicheln, zu lecken
Möchte sie prickelnd verführen

Ich würde so gerne Brüste –
Tasten und auch streicheln
Mit meinen Fingern über
Ihre feuchte Scheide gleiten

Mit der Zunge sie verwöhnen
Bis sie beginnt, erregt zu stöhnen
Möchte ihr Gesicht befriedigt sehen
In der Glut des Feuers stehen

Die Fantasie geht mit mir durch
Explosion – ein Feuerwerk
Der Höhepunkt, das Weibchen verführen
zum Geschlechtsverkehr

Forbidd'n Froots #2

Ihre Nippel sie stehen ab
Durch ihren Top kann ich sie sehen
In ihr feuchtes Höschen
Wollen meine Hände gehen

Würde gerne ihren –
Feuchten Kitzler berühren, massieren
Sie streicheln, sie erregen
Möchte ihr Feuer, ganz und gar spüren

Mit einer sanften Feder
Über ihre zarte Haut – über
Brüste und Knöchel gleiten
Ihre Scheide mit der Zunge verwöhnen
Dabei ihre Beine spreizen

Ihren Körper küssen
Vom Hals über den Nabel bis zur Scheide
Es kocht in mir – mein Puls
Beginnt sich hoch zu treiben

Forbidd'n Froots #3

Sie wirft ihr schwarzglänzendes Haar
Mit beiden Händen nach hinten
Sie sitzt so da, beginnt –
Ihr zartes, spitzes Gesicht zu schminken

Richtet sich die Brust zurecht
Der Ausschnitt wirkt reizvoll, gar frech
Ihre kurzen Pants liegen eng im Schritt
Ein Traum von Frau, lustvoller Ritt

Knackig, kurvig, so ist ihr Po
So verführerisch ihr Hintern
Die Blicke fesseln einen an sie
Man kann es nicht verhindern

Sie bewegt sich erotisch, elegant
Brust und Po nimmt man gerne in die Hand
Die Lippen prall und rosa-schön
Herrlich erregend ist sie anzusehen

Ihr Halsband fängt den Blick
Sexy-schön, provokanter Trick
Fußkettchen, Piercing und Tattoo
Zarte Haut, Fantasie ohne Tabu!

Forbidd'n Froots #4

Ich träume so oft
Von blanken Brüsten
Von feuchten Scheiden
Ich würde sie so gerne küssen

Pobäckchen streicheln
Nackte Füße fein massieren
Über die Knöchel
Alles an ihr ausprobieren

Ich träume von
Nackter, zarter, schöner Haut
Von lustvollen Spielchen
Vom Flüssigkeitsaustausch

Lust und Sehnsucht
Liegen beide dicht zusammen
Wollen gar schon nahezu explodieren
Aufgehen in Flammen

IHR VERSTECK

Heiss und sexy ist ihr Blick
So verführt sie in ihr Versteck
Zieht ihre Kleider alle aus
Nackte Haut — atmet ein und aus

Legt sich so ganz zart aufs Bett
Flüstert leise und ganz nett
Komm nur näher, hierher zu mir
Lass uns brennen, entfache die Flamme
des Feuers nun mit mir

Die Schenkel spreizen
Man sieht ihren Eingang zum Feuerwerk,
wenn es lodert
Nutzt es auch keiner Feuerwehr

Sie will es spüren und ihr Verlangen
stillen
Möchte nur Spielen erfülle ihr -
Ihren so lustvollen Willen

Die Brüste so schön geformt
Die Scheide schon so schön feucht
Dies ist ein Traum den Mann —
Doch nur zu gerne träumt

Erotische Fantasie

Erotisch, exotisch
Daraus besteht meine Fantasie
Prickelndes Erlebnis
Abenteuer wie noch nie

Habe unerfüllte Träume
Sehnsüchte ganz tief in mir
Sexuell-verführerisch
Ich möchte ein Spielchen hier

Ich habe Fantasien
Und doch fühle ich mich so allein
Irgendwo muss jemand
Mit gleichen Wünschen und Gefühlen sein

Diesem Rausch der Lust verfallen
Ohne Fragen was kommt danach
Einfach die Erotik leben
Nie erfüllte Wünsche hängen lange nach

Einfach den Schritt wagen
Lust und Verlangen aussprechen, es sagen
In diesem Rausch ganz tief versinken
Es endlich fühlen, worauf noch warten?

Mit Rosen bedecktes Bett

Auf den Lippen trägt sie
Ganz sanft und fein auf ihren Lippenstift
Zartes Rosa und Lidschatten pink
Schwarzer Sport-BH und beiger Slip

Ihre Haare glatt und samtweich
Lang und braun, das über ihre Brüste weicht
Sitzt vor ihrem Spiegel und schaut sich an
Mit wunderschönen braunen Augen, denen
Mann – nicht widerstehen kann!

Sie weiß sehr wohl, was sie da spielt
Denkt sich im Innern, lass das Abenteuer
beginnen
In der Hitze des Gefechts, in diesem Feuer
gemeinsam brennen

Sie legt sich mit dem Bauch auf ihr –
Großes, lila bezogenes mit Rosen bedecktes Bett
Kerzen brennen, sie löscht das Licht
Ganz verfallen ihrer Lust, streift sie ihren Slip
von sich weit weg

IM RAUSCH DER NACHT

Im Rausch der Nacht
So liegt sie ganz allein in ihrem Bett
Nackte, zarte Haut
Mit voller Lust ist sie erweckt

Die Lust in ihr die treibt sie an
Eine Hand sie wandert zu ihrer Scheide
Ganz langsam und sanft, fangen ihre Finger
Um die Feuchte Stelle herum an zu kreisen

Sie ist so voller Triebes-Lust
Greift in ihr Schränkchen und holt Spielzeug heraus
Ein Stab am Vibrieren, den schiebt sie in ihre
Scheide gefühlvoll rein und wieder raus

Ein Prickeln, ein Kitzeln, ein atemtreibendes
Stöhnen kommt im Rhythmus aus ihr raus
Die Finger berühren Brüste und Nippel
Innerliches Kitzeln, sie hält es kaum noch aus

Sie nimmt die Finger und massiert ihre feuchte
Stelle, verführt sich in ganz tief in diesen
Rasch der Nacht – sie kreist und reibt, bis es
vollbracht

Mit ihren Reizen

Er schmachtet nach ihr
Mit seinen Blicken
Sie hat es längst bemerkt
Sie will ihm Signale schicken

Zieht ihr Kleid etwas hoch
Das ihre Beine Freiheit zeigen
Schmollt ihren Mund
Und spielt mit ihren Reizen

Elegant ist ihr Gang
Die Treppen hoch, geht sie nach oben
Er schaut hinterher, in ihren Schritt
Sein Puls beginnt in ihm zu toben

Sie betritt das feine Zimmer
Legt ihre Kleidung ab, ganz nackt die Haut
Er folgt ihr durch die Türe
Ihr Anblick, ihm den Atem raubt!

Sie bewegt ihren Zeigefinger
Deutet an, komm her zu mir
Er ist sichtlich längst ergriffen
Voller Lust, so geht er hin zu ihr

Lustvoll ergeben

Oh wie sehr er es genießt
Wenn sie an sich herumspielt
Dann werden seine Fantasien geweckt
Alles macht sie, dass sie es bezweckt

Er mag es so sehr, wenn sie ihre Finger nimmt
Und sie in ihre Scheide führt
Dann kann er nicht mehr, nur so dastehen
Es ist seine Zunge, die sie dann ganz sanft berührt

Er streichelt sie und küsst ihre Brust
Ganz sinnlich, ergeben und voller Lust
Er spielt mit den Fingern an Nippel und Scheide dann
Bis zu stöhnen und schreien begann

Er liebt es, wenn sie lustvoll ergeben ist
Wenn es feucht am Kitzler wird
Und die Lippen öffnen sich, er steckt so gerne
Alle Finger in sie rein, sie beginnt noch mehr zu
schrei'n

nackt zu sein

sie liebt es einfach nackt zu sein
ohne kleidung im gras zu liegen
mit ihren nippeln und und ihrer Scheide
die frische natur zu berühren und zu fühlen

sie wälzt sich durch das frische gras
und wenn sie unbeobachtet ist
spielt sie an sich herum
weil sie so unanständig ist

sie streichelt sich mit
blumen und grashalm über ihre haut
zuckt und stöhnt
dieses gefühl so schön und gar vertraut

sie mag es einfach so, hüllenlos
dabei reibt sie sich ihre scheide bloß
sie verfällt dem duft der natur
sie macht es gern im freien und pur

der kleine, enge tanga liegt neben ihr
feucht ihre scheide sie fingert sie
das kleine höschen und auch den bh –
trägt sie erst wieder ferner dem gras

Rollenspiel

Sie mag es heiß, unanständig und unsittlich
Spielt so gerne das Unschuldslamm
Finger im Mund auf dem sie kaut
Beine gespreizt, eine Hand an ihrer Scheide dran

Sie mag es die Kleine zu sein
Das kleine Mädchen, mit freizügigen Reizen
Der Ausschnitt tief auf ihre Brüste
Und dass man ihr Höschen sieht, Beine spreizend

Sie nimmt einen Lolli in den Mund
Das Höschen und das Shirt liegen beide eng an
Die Hand geht in das Höschen rein
So fängt ihr Puls zu steigen an

Die Finger im Höschen, das Höschen wird feucht
Die Augen schließt sie und sie gehorcht
Sie will spielen, sie will benutzt sein, sie will –
Sie will gefingert und geleckt sein, das will sie gern

Sie ist in ihrem Element
Der Sauerstoff wird eng und der Atem brennt
Mittendrin in ihrem Rollenspiel
Sie hat das Verlangen nach diesem Gefühl

Mondlichtgeflüster

Sie liegt jede Nacht wach in ihrem Bett. So auch in dieser Nacht. Es ist mit Rosenblättern und sanften Federn bedeckt. Jede Nacht liegt sie mit ihrer nackten Haut, leicht mit ihrer dünnen Decke bedeckt.

Jede Nacht, auch wie in dieser, schaut sie zum Fenster heraus. Hinauf nach oben zum Mond. Nacht für Nacht tut sie es, schaut ins Mondlicht und flüstert mit dem Mond.

Sie erzählt ihm Nacht um Nacht, von ihren Sehnsüchten, von ihren erotischen und sexuellen Fantasien, Gedanken und Wünschen. So sehr vertieft sie in dieses Mondlichtgeflüster. Während sie mit dem Mond flüstert, berührt sie sich dabei immer und fasst sich an ihre Brüste, in ihre Haare. Sie streichelt sich über ihre blanke, nackte Haut an ihrem ganzen Körper.

Die leichte, dünne Decke drückt sie dann an ihre Scheide, reibt die Decke an ihrer Scheide hin und her.

Sie tut dies immer, wie jede Nacht. Sie reibt ihre Decke über ihre Scheide, die dabei feucht wird. Sie ist jedes Mal dabei erregt. Sie beginnt immer leise zu stöhnen und reibt die Decke immer fester auf ihrer Scheide. Aus dem Reiben werden dann kreisförmige Bewegungen. Sie ist jedes Mal so stark erregt und es macht sie richtig geil und bereitet ihr so unstillbare Lust, wenn ihre Scheide richtig nass wird.

Dann kommen die Momente in der Nacht und so nun auch wieder in dieser, wo sie die Decke von ihrem nackten Körper wegstößt. Sie führt die Decke fort, so dass sie komplett mit nackter Haut im Mondlicht liegt. Das Mondlicht scheint auf ihren wunderschön-geformten Körper. Die Nippel sie stehen ganz steif ab an ihrer Brust.

Ihre Fantasien, Wünsche und Sehnsüchte, lebt sie Nacht für Nacht aus. Sie schließt ihre Augen, während sie sich berührt, streichelt, fingert und feucht macht.

Sie wünscht sich so sehr, dass es einen Mann gibt, welcher einmal ihre tiefsten, unausgesprochenen Sehnsüchte stillt, sie gar erfüllt.

Daran denkt sie sehr oft, davon träumt sie auch sehr oft. Sie ist am Tag eher schüchtern und verhalten. Denkt aber den ganzen Tag, tief in ihren Gedanken an sexuelle Spielchen, Gelüste und Vorstellungen, wie ein Mann, sie einmal verwöhnen soll.

Sie würde so gerne mal mit einer samtweichen Feder an ihrer Scheide gespielt bekommen. An ihrem Kitzler wünscht sie sich, dass der Mann sie einmal leckt und an ihr „knabbert".

All diese Gedanken, gehen ihr am Tage durch den Kopf und spät abends, in der Nacht. Ja in jeder Nacht, flüstert sie zum Mond, all ihre Wünsche und Sehnsüchte.

Dabei fasst sie sich immer an, steckt ihre Finger in ihre ganz nasse und auslaufende Scheide.

Ihre Finger, die ganze Hand ist dabei durchnässt.

Immer wenn sie sich so in ihre Lust reinsteigert und sich dabei geil macht, nimmt sie ihre Finger leckt sie an und steckt sie in ihre Scheide.
Sie führt ihre Finger so gefühlvoll ein, anfangs.

Dann wird sie immer mehr von ihrer Lust und ihrer Geilheit gefesselt. Die Finger wandern tief, immer tiefer in ihre Scheide hinein.

Schneller, fester, grober – ihre Bewegungen werden immer energischer. Sie macht es sich selbst, bis so geil ist, dann beginnt sie mit den Spielchen.

Sie holt Eiswürfel aus dem Gefrierschrank, welche sie sich über ihre ganz nasse Scheide streicht. Dabei bekommt sie Gänsehaut, sie stöhnt dabei, erst ganz sanft, dann immer rhythmischer, bis sie ganz wild herumstöhnt und beginnt sogar zu schreien.

Immer wieder sagt sie sich, „Oah – ist das geil"!

Sie genießt jede Sekunde, in der sich selbst befriedigt. Sie befummelt sich, sie streichelt sich, leckt ihre Finger ab.

Immer und immer wieder hört man ihr Stöhnen und Schreien und die Worte „geil" „ahhh" „ooohhh" „ja, geil"

Sie wälzt sich in ihrem Bett, legt sich mit dem Bauch flach auf und ihre Finger sind in ihrer Scheide.
Sie bewegt sich auf und ab mit ihrem zarten und knackigen Po. Immer und immer wieder geht dieser im Rhythmus hoch und runter, während die Finger in der nassen Scheide tiefer und tiefer versinken.

Wenn ihr Eiswürfel aufgebraucht ist, dann geht sie an ihren Spielzeugschrank.
In diesem befinden sich ganz verschiedene Vibratoren. Lange, kurze, schmale, breite.

Sie spielt allzu gerne, mit allen an ihrer Scheide rum.

Tag- und Nachtgedanken

Sie ist noch jung, doch sie ist so voller Sehnsucht und möchte sich endlich dem Verlangen ihrer Lust ergeben.

Täglich schaut sie Manga-Serien, aber nicht mit irgendeinem Inhalt, sondern mit speziellem Inhalt. Mit nackter Haut und erotischen Szenen.

Während sie diese Serien ansieht und die Bilder auf sie wirken, beginnt sie immer mit diesen Tag- und Nachtgedanken zu spielen.

Sie fragt sich, wie es wohl sei, wenn sie ihre Schamlippen geküsst bekommt. Wie es wohl sei, wenn man ihre Scheide küssen und lecken würde. Sie traut sich nicht, ihre Wünsche und ihre Gedanken mitzuteilen, so bleiben all die Sehnsüchte tief in ihr verborgen.

Immer und immer wieder, wird sie von ihrer Lust gepackt. Ein Verlangen, welches in ihr so heiß brennt.

Jedes Mal aufs Neue, beginnt sie an sich herumzuspielen. Sie nimmt ihre zarten Finger, ganz behutsam führt sie diese zu ihrer Scheide. Die andere Hand hat sie an ihrer Brust.

Sie hat sehr schöne Rundungen, einen sehr knackigen Po dazu!

Sie führt ihre Finger in ihre Scheide ein, dabei beginnt sie immer feucht zu werden. Während sie ihre Finger in ihrer Öffnung stecken hat, wird sie geil, beginnt sanft zu stöhnen.

Immer wieder streicht sie ihre Finger, die von der feuchten Scheide über ihre Lippen, das gefällt ihr sehr. Davon wird sie so heiß, dass ihre Nippel steif werden.

Hin und wieder mag sie es, ihre Brüste einzuseifen, sie zu beschmieren mit Honig oder anderen süßen Lebensmittel.

Sie leckt ihre Finger ab, nachdem sie, sie aus ihrer Scheide zieht und über ihre eingeschmierten oder eingeölten Brüste streicht.

Sie mag es, einmal im Leben mit einem Mann dies auszuprobieren. Ein Mann der ihre Sehnsucht und ihre Träume erfüllt. Der sie an ihren Schamlippen mal küsst und leckt, der auch seine Finger in ihre Scheide steckt – so dass sie ganz nass wird.

Sie träumt davon, dass sie dann ganz laut stöhnt und schreit, weil sie es besorgt bekommt.

Diese Tag- und Nachtgedanken, beschäftigen sie jeden Tag, man denkt es nicht, man sieht es ihr auch nicht an. Aber tief im Innern, hat diese Wunschvorstellungen.

Forbidd`n Froots Fortsetzung…

Spielchen im Hinterzimmer
Fesselspiele
Hals und Knöchel
Verlockung

Derb und versaut

Spielchen im Hinterzimmer

Heimliche Leidenschaft
Verbindet ihre Partnerschaft
Für gewisse Stunden gehen die Beiden
immer, für Spielchen in das Hinterzimmer

Sie legt sich immer mit nackter Haut
Auf den Schreibtisch drauf
Spreizt dort ihre Beine
Wenn er ihre Scheide massiert, dann
schreit und stöhnt sie immer ganz laut auf

Er holt den Zeigestock
Damit streichelt er sie und schlägt auf
ihren Po – So steigern sie beide
Ihr Verlangen auf ist Lust-Niveau

Sie mag es streng und auch hart
Wenn er sie streichelt und auch peitscht
mit dem Zeigestock und nicht allzu zart!
Sie ist erregt, wenn seine Dominanz er
ganz, über sie gelegt

Er spreizt die Beine, ganz weit
auseinander, so verweilen sie lange Zeit

Ihrer dunklen Leidenschaft, ergeben sich
beide und verschmelzen miteinander

Sie mag die Schläge auf ihren Po
Weil ihr Puls dann sehr wild tobt
Sie mag die Spielchen mit ihm so sehr
Wenn er es ihr besorgt, jedes Mal
Immer wieder und immer mehr!

Fesselspiele

Sie ist sehr schüchtern und ganz still
Aber dafür weiß sie was sie will
Sie sehnt sich so sehr danach, gefesselt zu sein
Mit offenem Arm und gespreiztem Bein

So hat sie es gern, wenn ihr sich an ihr vergnügt
Wenn sein Finger und seine Zunge, an ihren
Körperteilen spielt, sie empfindet ein heißes
Verlangen, benutzt zu werden – sie ist sehr froh,
geil und wild – dankbar, von ihm verstanden zu
werden!

Sie mag Fesselspiele
Wenn die Handgelenke in Ketten liegen
Wenn die Brüste prall geschnürt im Ledergurt
liegen und sie stöhnt und schreit, wenn –
Fäuste und Spielzeuge in die Scheide schieben

Wenn ihre Scheide richtig feucht und nass dann
ist, dann wird sie geil, weil sie dann nicht mehr
zu halten ist! Ganz wild bewegt sich in ihren
Ketten, wenn er an ihr rumspielt, sie mag es zu
sein, die Sklavin gar die Marionette!

HALS UND KNÖCHEL

Er verfällt immer sehr
Halsband und freien Knöcheln
Dann steigt in ihm die Fantasie
Hört er sie schon stöhnen und röcheln

Dazu liebt er noch
Schönen dunkeln Teint der Haut
Noch schöne dunkel braune Augen
Lust und Hitze, die in ihm zusammenbraut

Diesem Anblick ist er
Ganz und gar verfallen
Gedanken werden schmutzig, unanständig
Er findet sehr an ihrer Haut Gefallen!

Er möchte sie nur allzu gerne
Am ganzen Körper lecken und streicheln
Die Finger an ihr ausprobieren
Und über Hals und Knöchel mit den Händen weichen

So gerne würde ihre rosa Scheide lecken
Sie verwöhnen und massieren
Finger in sie stecken, bis leise beginnt zu stöhnen
Allzu gerne möchte er diese Frau verwöhnen

Verlockung

Sie lockt mit ihren schön geformten
Schenkeln und ihrem runden Po
Auch die Brüste sind straff und einfach
So wunderschön, oh, ho!

Sie steht am Fenster
Sie trägt nur Tanga und BH
Ihre Lust und ihr Verlangen –
Bringen die Verlockung nah!

So gerne würde man ihre
Kurven doch berühren
Ihre Haut streicheln und sie
Mit heißer Liebeslust verführen

Sie dreht sich um
Ihre Brust schön geformt und ganz nackt
Die Nippel ganz steif
Sie nimmt den Finger den Mund, Mann wird
gepackt

Er stellt sich von hinten an sie dran
Ihr Kopf fällt zurück, in sein Gesicht hier Haar
Er wirft sie aufs Bett, die beiden werden wild
Fingerspiele, ein perfektes prickelndes Bild!

DERB UND VERSAUT

Sie mag es schweinisch
Laut und ganz hart, so richtig wild
Kein Blümchensex
Genagelt werden, ist was sie will

Sie spielt mit ihren prallen Lippen
Reizwäsche sie sich vom Körper reißt
Sie sagt, komm berühre mein „Fötzchen"
Ich weiß es macht dich geil und heiß!

Berühr meine Pussy, leck sie mir
Benutze mich und mache, was du willst mit mir!
Los! Knete mir die Titten, steck dein Ding endlich rein
Besorg es mir, ich bin schon ganz geil!

Nimm richtig durch, von hinten und von vorn
Reib mir meine Möse, mein „Fötzchen" leck es schon!
Fülle meine Löcher, was ich will, dies willst du auch!
Ich weiß ich bin derb und versaut, sei nicht
schüchtern – du bist es doch, so wie ich auch!

Reite mich durch, benutze mich wie du es magst
Ich möchte schreien, stöhnen, kommen, wenn du es
sagst! Ich bin heute dein Spielzeug, also benutze
mich, besorge es mir, mach mein „Fötzchen" nass
und feucht, spritze ab in mir!

„Als Schöpfer und Künstler, liebe ich es - die Kunst in der Form und Gestalt festzuhalten, wie ich sie als Künstler sehe, verstehe und schöpfen kann"

Auch die Erotik ist eine gewisse Art Kunst in meinen Augen, wenn Menschen miteinander verschmelzen und Verlangen die Sprache übernimmt...

Tristán H. C. Fónman